AF340486

☩ LA CATASTROPHE BVRLESQVE.

SVR L'ENLEVEMENT DV ROY.

auec la representation

DV MIROIR ENCHANTE'.

Dans lequel on voit la iustification de Mazarin
en la place de Gréue.

A PARIS,

Chez la vefue A. MVSNIER, au mont fainct Hi
laire, en la Court d'Albret.

M. DC. XLIX,

LA CATASTROPHE
BVRLESQVE.

Bouffonne & Burlesque Thalie,
Muse dont la sage folie
Peut faire auec cinq vers ou six
Creuer de rire nos soucis,
Muse à la berne tres-habile,
Et qui de la plus noire bile
Ferois desenfler la tumeur
Quand tu chausses ta belle humeur,
Par les coffres & l'escarcelle
De Catalan & Particelle
Ces bons Archi-monopoleurs
Et de la France francs voleurs
Par les satyriques Eloges
De cil qui fit Iacques Desloges
Et nostre Monarque en leuant
La nuict des Roys fendit le vent,
Et fit, prenant l'heure opportune,
Vn trou, comme on dit à la Lune.
Par son Neveu qui fut, dit-on
Chez ie ne sçay qui Marmiton,
Qu'auoient par vn grand priuilege
Les Iesuites dans leur College
Et qu'assez chargé de Latin
Ils firent leuer si matin
Pour suiure à sainct Germain son Oncle,
Quoy qu'à la fesseil eut vn froncle.

Par les leçons que Mazarin
Auoit pû faire à Tabarin
Par le fagot & la coignée
Qu'a, dit-on, iadis empoignée
De son blason l'illuftre autheur
Son grand Pere bon fagoteur.
Par la vertu des fauffes Bules
De luy gagner autant de Iules
Qu'il a par moyens inoüis.
Depuis amaffé de Louis.
Par la Calotte, & l'habit rouge
De ce grand homme qui ne bouge,
Du lieu d'affeurance où l'a mis
La bonté des Dieux trop amis.
Par les foucis qu'il a fans nombre,
Par la peur qu'il a de fon ombre,
Par la fiévre & par les friffons
Qu'elle luy donne en cent façons:
Par tous ceux qui le reconfortent
Par tous les Diables qui l'emportent.
Si ces objets ont le pouuoir,
Chere Mufe, de t'émouuoir
Pour vn moment defcens de grace
De la cime de ton Parnaffe,
Defcens de hors ceft efcalier
Vien en faueur de Mufnier
Contenter l'ardeur dont ie brufle
De croquer vn portrait de Iule,
Et faire auec moy cantonné,
Rire à ventre deboutonné,

Entre la poire & le fromage,
D'vne si crouſtilleuſe image
Ce rare & diuin Imprimeur
Des caprices de ſon Rimeur.
Ainſi ie priois dans mon bouge
D'où, tant que i'y ſuis ie ne bouge
Sans lumiere entre chien & loup
Quand par derriere tout à coup,
Vne main me vint impreueuë
Subtilement boucher la veuë
De ma friponne qui ſans bruit,
Ainſi qu'vn larron dans la nuit,
Marchant plus coy que ſi la terre
Eût, comme on dit, eſté de verre,
Ou bien qu'elle n'eut à paſſer
Que ſur des œufs ſans les caſſer
En bauolet, & iuppe verte
Entra par la porte entrouuerte.
Vous eſtes, luy dis-ie, Eraton
Qui faittes les qu'en dira-t'on,
Et tous les plus gais vaudeuilles,
Tant ceux des champs que ceux des villes,
Les Lanturlus, les Leridas,
Les Roquentins, & les Ouydas.
Du ſilence de la Donzelle
I'appris que ce n'eſtoit pas elle
Et quand ie la vis s'oſtiner
A me faire enfin deuiner
Quelque deſſein qui vous ameine
Vous eſtes, dit ie, Melpomene.

La voyant encore à ce nom
Sans me parler me dire non,
I'asseurerois ce que ie nie
Que vous estes Dame Vranie,
Si i'estois, dis je, du mestier
De Comelet Petit & de Questier.
Qui me reste à nommer encore ?
Seriez vous dis je, Terpsicore
Calliope, ou dame Clion,
Dame qui vaut double Pion,
Ou ma camuse de Theasie
Dont le beau nom rime à folie ?
A ces mots, allant dire mieux,
Sa main ne découurit mes yeux,
(Assez iustement ie l'aduouë)
Qu'afin de me couurir la iouë.
Maistre frippon qui vous mocquez
Des Muses que vous inuoquez
Voilà, dit-elle non sans rire ,
C'est pour vous apprendre à mesdire
Puis d'vn doux & chaste baiser
La folle me vint appaiser
Si bien que, Messieurs & mes dames,
Pardon nous entredemandasmes
(Tãt le courroux nous boursoufloit)
Moy d'vn mot, elle d'vn soufflet.
Rimeur, dit elle, à la douzaine
Qui fait de meschans vers sans peine
Dequoy me veux-tu supplier ?
Tu me las fait, disie oublier ;

C'est à toy que ie le demande
Muse à qui ie me recommande.
N'estoit-ce point pour hautement
Parler de Iules? iustement
Luy disie: vois tu, me dit elle,
Puis que l'heure au soupé m'appelle,
Et qu'en peu de temps il me faut,
Crainte de tomber en defaut
Comme Appollon nous en menace,
Me rendre au pied du mont Parnasse,
Iusqu'à ce qu'on puisse choisir
Vn iour que ie sois de loisir
Pour satisfaire à ton enuie
De voir vn portraict de sa vie,
Ie ne viens en ce lieu qu'afin
De t'en monstrer vn de sa fin.
A ces mots de fureur éprise
Sur vne glace de Venise
Iettant les yeux, grinçant les dents
Me dit, que vois-tu la dedans?
Acte dernier, Scene premiere,
Sortant d'vn cachot sans lumiere,
D'vn peuple qu'on ne peut conter
Enuironné, ie vois monter
En charette l'ame étonnee
Vn ramonneur de cheminee.
Le connois-tu? moy dis-ie; non:
C'est celuy dont Iule est le nom
Tel pour tromper toute recherche,
Mais armé d'vne longue perche

Tiroit pays *incognito*
Mazarini trauestito,
Quand trois de nos Archers de ville,
De par Monsieur de Longueville,
Deux Sergens, & quatre recors,
En vertu de prife de cors,
Las de le tant fuiure à la pifte
L'ayant atteint refuant & trifte,
Ces gens triez fur le Volet
Luy mirent la main au collet.
Ayant de bourgade en bourgade
Efcorté de cette brigade
Giftez par tout comme il pouuoit
Dans les prifons qu'on y trouuoit
Enfin le drolle arriue à celle
Où l'on veut mettre Particelle.
A ce bel hoftel d'Hemery
A la Tour de Montgommery.
Mais confiderons l'équipage
Et la façon du perfonnage:
Dix couches de craffe couuroient
Son mufeau qu'elles deguifoient,
Et fembloient tenir à fa coine
Cóme le Diable au corps d'vn moine,
Pardon Lecteur humble & deuôt,
Qui pourrois de moy pour ce mot
Former vn Iugement finiftre;
Ie voulois dire d'vn Miniftre
Mais d'vn feu de ma veine épris
En rimant ie me fuis mépris,

Car

Car enfin, tu vois bien que Moyne
Mieux que Miniftre rime à coine
Ses Greques propres à bien fuir
Et fon Gippon eftoient de cuir,
Au cou fon mouchoir en crauate,
A fon pied gauche vne fauate,
Et pour ne plus en dire mot
Au droit vn chauffon de tripot.
Parut en la Scene feconde
La Greue fi pleine de monde
Qu'au Roy d'Efpagne il eût femblé
Y voir tout Paris affemblé,
Outre ceux qu'à chaque feneftre
Quatre à quatre on voyoit paroiftre.
Scene derniere d'vn pas lent
On vit arriuer le galand
Dans vn carroffe à cent portieres
Arroufé de l'eau des goutieres,
Accompagné d'vn Theatin
Qui ne perdoit que fon Latin
En exhortant le perfonnage
Qui n'entendoit pas ce langage
Mais par contenance il fallut
En dire vn peu pour le falut
De l'ame de fon Eminence;
Vn peu, dis ie, & par contenance
Car le bon Pere ne fçauoit
Si fon Eminence ame auoit.
Fendant la preffe l'auantgarde
De ce grand que chacun regarde

Luy fait iour iuſqu'au lieu maudit
Ou ſans crier alte, on la fit.
Le Pere liſant bas vn Pſeaume
Le fils de maiſtre Iean Guillaume
D'vn effroyable ton de vois
Cria de par le Roy trois fois
Et comme il deuoit teſte nuë.
L'audiance enfin obtenuë
Moins des femmes que des marys,
Monſieur le boureau de Paris
Prononça la iuſte ſentence
De celuy de toute la France:
Apres ayant, non ſans honneur
Mis noſtre Illuſtre Ramonneur
Auteur d'vne inteſtine guerre
De ſon char de triomphe à terre
Luy dit pour le reconforter,
Qu'il ne deſcend que pour monter,
Mais non, ſur le poinct de le pendre
Qu'il n'eſt môté que pour deſcendre.
Le pauure Diable à reculons
Par treize ou quatorze échelons
Et d'vne vigueur de malade
Prend triſtement par eſcalade
Vn arbre qui n'auoit produict
Iamais dit on vn plus beau fruict
Arriué qui fut à la cime
Le pendant Eminentiſſime.
Le pere ſuſdit entonna
Hautement *Salue Regina*

Tandis qu'à chanter on s'empresse
Noel Guillaume d'vne adresse
Qui ne s'en point son écolier
L'encheuellrant de ce collier
Qu'auecques periphrase on nomme
L'ordre de maistre Iean Guillaume
A son camarade en ce lieu
Dit vn triste & dernier adieu.
Amy quel malheur est le nostre
Faut-il qu'vn bourreau pende l'autre,
Ouy, ou, cher frere il fera
Mais ie te iure, *& cætera*,
Car, cher Lecteur, ie te proteste
Que ie ne puis ouïr le reste
D'vn discours lequel acheué
En mesme temps que le *Salue*,
Auec tant d'heur il le deniche
Que sa taille en deuint plus riche;
Car enfin tu peux bien penser
Qu'en l'air il ne pouuoit dancer
Qu'elle ne fust d'vne coudee
A coups de jarret allongee.
Ie sçay les reigles grace à Dieu
D'vnité de temps & de lieu
Qu'enseigne Horace & qu'on pratique
Dans le poëme Dramatique,
Pourquoy, direz-vous, animal
Les obserues tu donc si mal ?
Prenez vous en à ma sibyle

Qui ne parut pas plus habile
Sa faute est, dit elle, vn effet
D'vn Architecte, qu'il ait fait
Le palais ſi loing de le Greue
Où la Caſtatrophe s'acheue.

9 782014 048872